AF249981

BIBLIOTHÈQUE DRAMATIQUE

Théâtre moderne

PIÈCES NOUVELLES EN VENTE

NOS INTIMES
Comédie en quatre actes, en prose
Par VICTORIEN SARDOU. — Prix : 2 francs

LES MARIAGES D'AUJOURD'HUI
Comédie en cinq actes
Par ANICET BOURGEOIS et A. DECOURCELLE. — Prix : 2 fr.

LE MUR MITOYEN
Comédie en deux actes en vers
Par Édouard PAILLERON. — Prix : 1 fr. 50 c.

MICHEL LÉVY FRÈRES, LIBRAIRES-ÉDITEURS

RUE VIVIENNE, 2 BIS

PARIS. — 1862

Daghestans longueur 1m,80, largeur 1m,10 . . . **35**

Portières de Karamanie hauteur 3m, largeur 1m,50 **49** fr.

Grand choix de MEUBLES, Tapis d'Orient et Étoffes Anciennes

COMPTOIR DES CARPETTES
1er Étage. — Galerie Saint-Honoré

Fauteuils, Chaises, Tables Henri II, Louis XV et Louis XVI, Tables-Toilette, Psyché, Chevalets, Paravents, Écrans, Colonnes, Tabourets de Piano, Tabourets Modèle oriental, Socles, Appliqués et Étagères, Broderies de Neuilly, Broderies Albanaises, Broderies Italiennes et Broderies Artistiques de Crépy.

Coussins albanais modèle oblong, broderie nouvelle sur belle peluche de soie, intérieur plumes, 35.», 29.», 25.», 19.75, 15.75 et **10.50**

Coussins Henri II modèle carré, broderie cloisonnée au passé et application de broderies anciennes, intérieur plumes. 49.», 39.», 35.», 29.», 25.», 19.75, 16.75 et **14.25**

Tables Henri II et Louis XVI, recouvertes d'une belle peluche de soie, broderie de Neuilly et broderie de Crépy, 55.», 49.», 35.» et **29.50**

Voiles de Fauteuils et Dessus de piano, broderie artistique sur peluche de soie (haute nouveauté) 39.», 29.», 25.», 22.50, 19.75, 17.50 et **12.75**

Tabourets Henri II monture bois des îles, noyer et or ou noir et or, broderie de Valois sur belle peluche de soie, nuances bleu paon, grenat, vieux bronze et capucine. **6.75**

Pavés indiens pour dessous de vases, peluche artistique cloisonnée, 4.90 et **2.45**

Desous de lampe parisiens, broderie artistique. **95** centimes

PASSEMENTERIE & RUBANS
Rez-de-Chaussée. — Galerie St-Honoré

Un choix de Marabouts en chenille nouvelle, différentes dispositions, modèles très avantageux. Le mètre **2.45**

Plumes tissées faisant fourrure, en noir, loutre et naturel, largeur totale 0m,13. Le mètre. **2.75**

Boutons fantaisie nacre ou métal. La douzaine. **65** centimes

Faille et Satin noir et couleurs, No 12. Le mètre **45** centimes

Velours couleurs envers satin, qualité supérieure, no 5 . . . Le mètre **95** centimes

No 12 Le mètre **1.95**

Faille & Satin noir et couleurs, pour ceintures et couronnes. Nos 60 et 80. Le mètre. **1.45**

COMPTOIR DE LITERIE
Entresol. — Galerie Transversale

Edredon satinette toutes nuances pour petit lit, 12.75 et **8.75**

Berceau Bébé-Louvre pour poupées composé de 1 berceau fer torse peint en blanc de 0m,75, 1 paillot, 1 oreiller, 1 jolie garniture Bébé-Louvre, 1 rideau assorti doublé de mousseline bleue ou rose . . . La Bercelonnette complète **39** fr.

Bercelonnette complète pour Grand Bébé, composée de 1 Bercelonnette fer torse peinte en blanc de 0m,90, 1 paillot, 1 oreiller, une jolie garniture Bébé-Louvre, 1 rideau assorti doublé de mousseline bleue ou rose . . . La Bercelonnette complète **47** fr.

Edredons satin soie doublé face, capitonnés toutes nuances pour grands Lits 39.» et **25** fr.

744. — IMP. CHAIX (succursale CHÉRET), 18, rue Brunel, PARIS

36231

LE VOYAGE

DE

MM. DUNANAN

PÈRE ET FILS

OPÉRA-BOUFFON EN TROIS ACTES

ET QUATRE TABLEAUX

PAR

MM. P. SIRAUDIN ET JULES MOINAUX

MUSIQUE DE M. JACQUES OFFENBACH

Représenté pour la première fois, à Paris, sur le Théâtre
des Bouffes-Parisiens, le 22 mars 1862.

PARIS

MICHEL LÉVY FRÈRES, LIBRAIRES ÉDITEURS

RUE VIVIENNE, 2 BIS, ET BOULEVARD DES ITALIENS, 15

A LA LIBRAIRIE NOUVELLE

—

1862

Tous droits réservés

1919

Distribution de la pièce.

DUNANAN, père........................	MM.	Désiré.
PATROCLE DUNANAN, fils............		Léonce.
TYMPANON..........................		Pradeau.
LESPINGOT.........................		Potel.
ASTRAKAN..........................		Duvernoy.
LECERF, hôtellier..................		Caillat.
PAMÉLA............................	Mmes	Géraldine.
LÉOCADIE..........................		Beaudouin.
AGATHE............................		Darcier.
Modistes.		

NOTA. — Pour la mise en scène, s'adresser à M. DESMONT, régisseur général du théâtre des *Bouffes-Parisiens.* —Pour la partition, *au Ménestrel,* rue Vivienne, 2 bis, à MM. HEUGEL et Cie.

LE VOYAGE

DE

MM. DUNANAN PÈRE ET FILS

ACTE PREMIER

Une salle d'hôtel. Entrée au fond. Chambres numérotées.

SCÈNE PREMIÈRE

LECERF puis LESPINGOT, puis TYMPANON, bruit de sonnette
de tous côtés.

LECERF, entrant vivement.

Ah ! métier d'enfer !
Toujours être en l'air,
C'est ici qu'on sonne,
Là qu'on carillonne ;
    Suffire à tout,
A la fois et partout;
    Là bas, ici ;
Et c'est toujours ainsi,
    Toute l'année,
Et toute la journée;
    Au lieu de chair
Que ne suis-je de fer.

LESPINGOT, sortant de sa chambre.

Si pour moi vient une femme,
    Espèce de virago,
Vous direz : il est, madame,
Parti d'hier pour le Congo.

(Il rentre chez lui.)

LECERF.

Ah ! le drôle de coco !

TYMPANON, sortant de sa chambre.

Pour un cas que j'appréhende,
Donnez comme un fait certain.
A quiconque me demande
Que je suis mort ce matin.

LECERF.

Vous êtes mort ?

TYMPANON.

Ce matin !

(Il rentre chez lui.)

LECERF.

C'est à perdre son latin.
(Tintamarre de sonnettes.)

REPRISE DU MOTIF.

Ah ! métier d'enfer, etc.

SCÈNE II

LESPINGOT, TYMPANON.

LESPINGOT, revenant.

Tout décidément je préfère m'en aller. Paméla a un nez de chien de chasse, et bien qu'à cent lieues d'ici, elle est capable...

TYMPANON, sortant doucement de sa chambre.

Toutes réflexions faites, je quitte cette auberge, ces douaniers vous ont un flair...

TOUS DEUX, se regardant stupéfaits.

Ah !

TYMPANON.

Lespingot !

LESPINGOT.

Tympanon !

TYMPANON.

Tu n'es donc plus au Conservatoire ?

LESPINGOT.

Non, il ne m'a pas conservé.

TYMPANON.

Comment avec ce joli galoubet que tu avais dans le gosier !

LESPINGOT.

Éreinté par l'ancien diapazon, mon pauvre vieux ; maintenant, ça ne sort plus... Hum, engorgement du tuyau.

TYMPANON.

Des canards à la clé comme nous disions.

LESPINGOT.

L'abaissement d'un quart de ton six mois plus tôt et j'avais là... des milliards de roubles... ah ça ! et toi ?

TYMPANON.

Et moi aussi j'aurais eu des milliards, organisé comme je le suis ; ils m'ont flanqué à la porte au dernier concours.

LESPINGOT.

De quel instrument jouais-tu ? je ne me rappelle plus.

TYMPANON.

De quels instruments tu veux dire; j'ai concouru pour le violon, la flûte, l'ophycléide, le basson, la clarinette, la harpe et le trombonne.

LESPINGOT.

A la fois ?

TYMPANON.

Oui à la f... heu non, mais j'aurais pu le faire; tu dois avoir entendu parler de moi, je suis le célèbre virtuose connu sous le nom de l'homme orchestre, je joue de tous les instruments à la fois.

LESPINGOT.

Eh bien, mais ça doit être d'un joli rapport...

TYMPANON.

Un joli rapport ?.. Hélas ! le grand Bilboquet avait raison quand il disait : L'art est dans le marasme. Je travaillais à la générosité du public ; les gens distingués ricanaient d'un air narquois, c'est en vain que je déclarais ne m'adresser qu'à messieurs les Auvergnats et messieurs les maçons, justes appréciateurs (cette vieille flagornerie que tu sais), les justes appréciateurs filaient sans jeter un sou, si bien qu'un jour, de concert avec des contrebandiers...

LESPINGOT.

Autre genre de concert.

TYMPANON.

Pas tant que tu crois, car plusieurs de mes instruments y ont fait leur partie. De concert donc avec des contrebandiers, je tentai de passer de la contrebande dans mes instruments, et j'allais franchir la frontière lorsqu'un brigadier de douaniers eut la fantaisie de se faire donner une sérénade ; que faire alors ? je me débarrassai de mon orchestre, je pris la fuite, et je me cache; en sorte qu'aujourd'hui, j'en suis réduit à chanter (retournant devant lui un moulin à café) en me servant de ce moulin à café pour tromper mon habitude de m'accompagner et mon besoin de tourner quelque chose en chantant. J'appelle ça moudre un accompagnement.

LESPINGOT.

Et encore quand on moud du blé, il sort du son, tandis que...

TYMPANON.

Oh ! charmant (il lui tape sur le ventre.)

LESPINGOT (même jeu.)

Mais oui... ce brave Tympanon.

TYMPANON.

Ah! c'est triste d'en être réduit à cet ustensile, qui n'appartient à aucune classification instrumentale, après avoir exécuté tout seul des morceaux à grand orchestre, que c'est beau! Tiens, je vais t'en donner une pâle idée.

AIR.

Sur ma tête un chapeau chinois,
Qui s'agite, qui sonne comme tu vois,
Rend un petit son argentin,
Tin, tin, tin, tin, tin, tin ;
Dans le collet de ma chemise,
Ma flûte de pan est mise ;
Ma lèvre y court ainsi vois-tu :
Tu u u u u.
En sautoir, une mandoline,
Sous mes doigts, résonne en sourdine :
Din, din, din, din, din, din.
Une mailloche, au joint du bras,
S'en va cogner, avec fracas,
La grosse caisse, que je ceins,
Là sur le beau milieu des reins :
Boum, boum, boum, boum ;
Les cymbales, dans mes genoux,
De la caisse, suivent les coups :
Dzing, dzing, dzing, dzing !
Et quand tout marche en même temps,
C'est un concert des plus brillants,
C'est un concert,
Un bruit d'enfer,
Un bataclant,
Mirobolan.

(S'animant)

Dzing, dzing, tu tu tu,
Boum, boum, dri di di
La Boum maladzing
Boum Boum
Dzing, dzing

(Parlé.) Ah! ça, et toi que fais-tu depuis que tu as renoncé à l'Opéra ?

LESPINGOT.

Je voyage pour le compte d'un fabricant de mâts de cocagne.

TYMPANON.

Et tu es ici pour ton commerce?

LESPINGOT.

Pas précisément, mais je profiterai de ma présence en cette bonne ville de Mâcon, où se prépare une grande fête moyen âge, pour placer quelques-uns de mes articles, des objets très-bien établis, je regrette de n'en pas avoir sur moi, sans ça...

TYMPANON.

Je le regrette aussi.

LESPINGOT.

J'ai vu ce matin Duguesclin et la Trémouille, deux mar-
chands de morue qui représentent ces illustres personnages
dans cette fête historique, et nous sommes en pourparler en
réalité; j'ai filé de Paris pour échapper à une certaine
Paméla, une modiste qui a l'infirmité du mariage et qui va
à la chasse aux maris avec un poignard à la main.

TYMPANON.

Oh! là, là! nous avons commis une petite gredinerie.

LESPINGOT.

Pas la moindre... une simple cour, très-colorée il est vrai,
nous avons effeuillé des marguerites, mais pas d'autre
fleur, le myrthe ne s'est point placé en couronne sur ma
tête... et la fleur d'oranger est restée intacte sur celle de
Paméla.

TYMPANON.

Eh bien! alors?

LESPINGOT.

Eh bien! Paméla prétend que je l'ai compromise et elle
m'a laissé le choix d'un mariage immédiat avec elle, ou
d'un coup de poignard; ne pouvant me décider à opter pour
l'une ou l'autre de ces extrémités, je ne savais comment
échapper à toutes deux, quand un art que j'ai beaucoup cul-
tivé vint me tirer d'embarras.

TYMPANON.

Dis-moi ce que c'est... je suis encore jeune... et croustil-
lant, cela peut m'être utile.

LESPINGOT.

Le magnétisme.

TYMPANON.

Comment?... ah! je devine... (Gestes magnétiques.)

LESPINGOT.

Précisément... hier j'étais seul avec elle, je passai derrière
sa chaise sans avoir l'air et tout en causant... dzin! dzin!...
du fluide... tiens! tiens! en veux-tu encore? dzin!... deux
minutes après elle dormait et je filais au chemin de fer de
Lyon, voilà! (Tous deux rient aux éclats.)

LECERF, en dehors.

Par ici, messieurs, par ici.

TYMPANON, inquiet.

Des messieurs! les douaniers, peut-être.

LESPINGOT.

Viens dans ma chambre.

TYMPANON.

Oui... vite... vite. (Ils sortent vivement.)

SCÈNE III

LECERF, DUNANAN, PATROCLE.

DUNANAN.

C'est-y vous, monsieur, qu'êtes le grand cerf?

LECERF.

Lui-même.

DUNANAN.

On m'a dit qu'on était bien servi chez vous. (A Patrocle.) Faut toujours dire ça, on est volé tout de même.

LECERF.

Si ces messieurs veulent avoir la complaisance d'écrire ici leur nom, leur domicile et leur profession. (Il lui présente le registre.)

DUNANAN.

Certainement, hôtelier, certainement. (Parlant en écrivant.) Dunanan, ancien chaudronnier domicilié à Monistrol, allant à Venise marier mon fils à mademoiselle Dona Paola Dutibia, voilà. (Il se lève.)

PATROCLE.

Papa?

DUNANAN.

Mon fils?

PATROCLE.

N'étant pas encore majeur, faut-il que je signe?

DUNANAN.

Sans contredit. (Il lui donne la plume.)

PATROCLE.

Monsieur?

LECERF.

Plaît-il?

PATROCLE.

La signature d'un mineur ne vous compromettra pas?

LECERF.

Aucunement.

PATROCLE.

Ni moi non plus?

LECERF.

Ni vous non plus. (Il présente la carte à Dunanan et ils causent bas.)

PATROCLE.

Que les malheurs en retombent sur votre tête. (Écrivant en parlant.) Eloi Patrocle, Dunanan, fils mineur de M. Dunanan

père, ancien chaudronnier, domicilié à Monistrol, chez papa,
allant me marier à Venise, avec mademoiselle Dona Paola
Dutibia. Papa?

DUNANAN.

Mon fils?

PATROCLE.

Ça y est; papa?

DUNANAN.

Ah! tu m'embêtes.

PATROCLE.

J'ai faim.

DUNANAN.

Je m'occupe précisément de notre dîner, car nous sommes pressés par le premier convoi qui part dans une heure.

LECERF.

Ces messieurs désirent-ils manger dans leur chambre?

DUNANAN.

Très-bien! dans notre chambre nous pourrons causer de
nos affaires.

PATOCLE.

Papa?

DUNANAN.

Quoi encore?

PATROCLE.

Où est-elle, notre chambre?

LECERF.

La voici. (Il indique une chambre.) Ces messieurs vont être
servis à la minute.

PATROCLE.

C'est bien long.

DUNANAN.

Puisqu'on te dit à la minute. (Lecerf sort.)

SCÈNE IV

DUNANAN, PATOCLE.

DUNANAN.

Eh bien, mon fils?

PATOCLE, la main sur son estomac.

Ah! papa!

DUNANAN.

Je te comprends, on voit que tu approches de ta future
épouse... Cette main que tu poses sur ton cœur...

1.

PATROCLE.

Non... C'est sur mon estomac, parce que j'ai faim, mais ça n'empêche pas.

DUNANAN.

Dans trois jours nous serons à Venise.

PATROCLE.

C'est bien long.

DUNANAN.

Ingrat enfant, est-il pressé de quitter le sein de son père!

PATROCLE.

Ah! ces paroles m'arrachent des larmes intérieures.

AIR :

Que j'aime à voir cette émotion d'un père,

DUNANAN.

Combien m'émeut cette émotion d'un fils ;

PATROCLE.

Béni soit Dieu qui m'a fait un tel père,

DUNANAN.

Quel sort heureux que d'avoir un tel fils,

PATROCLE.

On n'a jamais vu de plus tendre père,

DUNANAN.

On ne vit pas de plus sensible fils !

PATROCLE.

Ah! père et fils, les deux font bien la paire,

DUNANAN.

Certes le père est bien digne du fils.

ENSEMBLE.

Ah! père et fils, les deux font bien la paire ;
Certes, le père est bien digne du fils.

DEUXIÈME COUPLET.

PATROCLE.

Ainsi que vous, bientôt je serai père,

DUNANAN.

Ainsi que moi, tu te verras un fils ;

PATROCLE.

Ce cher enfant, vous serez son grand père,

DUNANAN.

De même, lui sera mon petit-fils ;

PATROCLE.

A votre exemple, ah! je serai bon père,

DUNANAN.

S'il suit le tien, il sera très-bon fils.

L'HOTELIER.

(Parlé.) Le dîner de ces messieurs. (Il entre dans leur chambre.)

PATROCLE.

La soupe est prête, allons dîner, mon père

DUNANAN.

Je le veux bien, allons dîner, mon fils.

ENSEMBLE.

PATROCLE.

Allons manger la soupe avec mon père
Qui va manger la soupe avec son fils.

DUNANAN.

Ah ! viens manger la soupe avec ton père
Qui va manger, etc.

Ils entrent dans leur chambre, Tympanon et Lespingot sont entrés à la fin
du couplet.

SCÈNE V

TYMPANON, LESPINGOT, puis ASTRAKAN.

TYMPANON.

Ça m'a l'air d'être un père et un fils.

LESPINGOT.

C'est à dégoûter d'être père.

TYMPANON.

Et d'être fils.

LESPINGOT.

Filons-nous ?

TYMPANON.

Filons... où allons-nous ?

LESPINGOT.

Je n'en sais rien. Veux-tu venir aux eaux ?

TYMPANON.

De ce pas ?

LESPINGOT.

De Spa ou de Bagnères, ça m'est égal.

ASTRAKAN, en dehors.

A dîner tout de suite.

LESPINGOT.

Hein... du monde.

ASTRAKAN, entrant.

Une heure à attendre le départ du chemin de fer ! c'est
fait pour moi.

LESPINGOT et TYMPANON.

Astrakan !

ASTRAKAN.

Lespingot ! Tympanon.

TYMPANON.

Encore un joyeux copin de la salle de la Tour d'Auvergne.

LESPINGOT.

Faut-il attaquer la romance... Bonheur de se revoir.

TYMPANON.

Allons-y.

ENSEMBLE.

Bonheur de...

ASTRAKAN.

Non... ça retarderait nos épanchements.

TYMPANON et LESPINGOT.

Toi!

ASTRAKAN.

Moi!

TYMPANON et LESPINGOT.

Lui!

ASTRAKAN.

Eux!... assez! voilà tout ce qu'il faut!

LESPINGOT.

Ça va bien?

TYMPANON.

Nous aussi, merci.

ASTRAKAN.

Il n'y a pas de quoi... que faites-vous ici?

TYMPANON.

Je vais te dire : moi, je suis quelqu'un.

LESPINGOT.

Et moi, quelqu'une.

ASTRAKAN.

Moi, je vais au-devant.

LESPINGOT.

De qui?

ASTRAKAN.

De deux individus.

TYMPANON.

Deux hommes?

ASTRAKAN.

Non.

LESPINGOT.

Deux femmes?

ASTRAKAN.

Non.

TYMPANON.

Deux quoi, alors?

ASTRAKAN.

Deux Auvergnats.

L'HOTELIER, sortant de la chambre de Dunanan père et fils.

Un nouveau voyageur!... (à Astrakan). Monsieur arrive?

ASTRAKAN.

J'arrive.

LESPINGOT et TYMPANON.

Il arrive.

L'HOTELIER.

Si monsieur veut signer sur ce registre.

ASTRAKAN, regardant le registre et prêt à signer... avec explosion.)

Hein?

LESPINGOT et TYMPANON.

Quoi?

ASTRAKAN.

Grands dieux!

LESPINGOT et TYMPANON.

Quoi?

ASTRAKAN.

Est-il possible?

LESPINGOT et TYMPANON.

Quoi?

ASTRAKAN.

Dunanan!

TYMPANON.

Il demande du nanan.

LESPINGOT.

Il est tombé en enfance, il ne faut pas contrarier les enfants, fais-lui donner ce qu'il demande.

TYMPANON, à la porte.

Nanan pour un!

ASTRAKAN.

Dunanan ici!

LESPINGOT.

Oui, on va l'apporter ici.

ASTRAKAN.

Avec son fils.

LESPINGOT.

Avec son... Ah! je ne comprends plus.

ASTRAKAN, à ses deux amis.

Ceux que je cherche.

TYMPANON.

Qui?

ASTRAKAN.

Les gredins!... ils étaient en route pour Venise... J'arrive à temps.

TYMPANON.

Comprends-tu, toi?

LESPINGOT.

Non.

ASTRAKAN.

Ils sont ici.

TYMPANON.

Qui?

ASTRAKAN.

Mais voilà une heure que je vous le crie : Dunanan et Patrocle, son fils, mes deux Auvergnats; voici leurs noms écrits sur ce registre.

LESPINGOT, qui a été regarder.

Ah! je comprends.

TYMPANON.

Oui... oui, ils s'appellent Dunanan.

ASTRAKAN.

Ils s'appellent Dunanan.

TYMPANON.

Eh bien?

ASTRAKAN.

Eh bien! ce Patrocle, cet auverpin, ce charabia, qui m'enfonce par sa fortune, se rend à Venise avec son ex-chaudronnier de père, pour épouser Paola Dutibia dont je n'ai que le cœur et dont il va me souffler la main. Paola m'a immédiatement prévenu.

LESPINGOT.

Ah! Paola... c'est bien ça, de sa part.

TYMPANON.

Est-ce que tu la connais?

LESPINGOT.

Moi! pas du tout. — Ah! les Dunanan! (A Tympanon.) Ce sont les deux de tout à l'heure?

TYMPANON.

Qui sont entrés là.

LESPINGOT.

Juste.

ASTRAKAN.

Et je courais au-devant de ces Dunanan, à qui le diable

puisse-t-il tordre le cou pour les empêcher, je ne sais
comment, mais par tous les moyens possibles, d'arriver à
Venise ; en connaissez-vous ?

TYMPANON.

Non, mais on en peut trouver.

LESPINGOT.

Si on ne trouve pas, au moins on aura cherché.

ASTRAKAN, avec exclamation.

Comment si on ne trouve pas!... (Rire sinistre.) Eh! eh! eh!
tu me dis cela d'un petit air bien tranquille... (Furieux.) Mais
il faut le trouver.

LESPINGOT.

Eh bien ! cherchons.

TRIO.

INTRODUCTION. — LARGO,

TYMPANON.

Cherchons !

LESPINGOT.

Cherchons!

ASTRAKAN.

Cherchons !

ENSEMBLE.

Cherchons !

(Sec.)

LESPINGOT.

(Rhythme léger et sautillant)
Trouvons, mes amis, trouvons un moyen
Mauvais, s'il le faut, s'il réussit bien.

ENSEMBLE.

Trouvons, mes amis, trouvons un moyen
Même mauvais s'il réussit bien.

LESPINGOT, se frappant le front.

Je crois que j'en trouve un terrible
Oui, je le tien,
Mais hélas! il est impossible
Et ne vaut rien

ASTRAKAN.

Il ne vaut rien !

REPRISE DU MOTIF.

Trouvons mes amis etc. etc. etc.

ENSEMBLE.

Trouvons amis etc. etc.

ASTRAKAN.

Ah! du jalap dans leur potage
Voilà l'objet,
Ça les dérangera, je gage
Dans leur projet.

REPRISE DU MOTIF.

Trouvons mes amis, etc. etc.

ENSEMBLE.

TYMPANON, riant.

Il m'en vient un, oh! mais bien drôle,
Un vrai moyen
Dans lequel chacun a son rôle,
Ecoutez bien
Voilà mes amis
Voilà mon moyen, etc. etc.

(Riant d'avance.) Hi, hi, hi, il faudrait... (Ne pouvant contenir son rire.) Ck. ck. ck... i. i. i... J'irais d'abord... ck... ck... i... ... i... ah! qu'il est drôle celui-là... figurez-vous que... ck... ck... i. i. i. alors, Lespingot, de son côté... ck... ck... i... i... et Astrankan qui viendrait... (Il se tord de rire.) Ah! ah!... il est trop drôle... hi, hi hi... Je ne pourrai jamais le raconter ck. i. i. i... et on ne pourrait pas le faire sans rire... ck... ck... i i i... non... (Très-calme.) C'est impossible... c'est trop comique... ça ne se peut pas.

ASTRAKAN.

Alors, qu'est-ce que tu nous chantes; voyons, le plus sûr d'abord est de sortir d'ici... d'aller au chemin de fer.

TYMPANON.

C'est cela.

LESPINGOT.

Partons.

SCÈNE VI

LES MÊMES, PAMÉLA.

PAMÉLA, ouvrant vivement la porte du fond.

Un instant, messeigneurs !

LESPINGOT, à part.

C'est elle... Paméla... pincé.

TYMPANON.

Que désire madame ?

PAMÉLA.

Quel est cet inconnu d'une laideur rare ?

TYMPANON.

Mais...

PAMÉLA.

Taisez-la.

TYMPANON.

Quoi ?

PAMÉLA.

Ça ne fait rien... taisez-la tout de même... et vous, mal-heureux. (A Lespingot.) Répondez.

LESPINGOT.

Si vous saviez...

PAMÉLA.

Silence ! ces deux messieurs sont vos amis ? bien... or, sachez que M. Lespingot m'a fréquentée à Paris pour le bon motif, mais plus je me cramponnais au mariage... moins il y mordait... enfin, hier, après m'avoir endormie depuis six mois avec ses promesses, il m'a endormie à l'aide du magnétisme.

TYMPANON.

Oui, je sais, il nous a...

PAMÉLA.

Taisez-la.

TYMPANON.

Quoi donc ?

PAMÉLA.

Taisez-la tout de même ! Je reprends : Seulement, M. Lespingot ignorait que dans le sommeil magnétique, je suis extra-lucide, que je vois à distance et que, lorsque je m'éveille, je me souviens de tout.

LESPINGOT.

Aïe ! aïe !

PAMÉLA.

Je l'ai donc vu descendre mon escalier, courir au chemin de fer et prendre un billet pour Mâcon... Je fis mon paquet et me voilà, mon bon, avec mon refrain habituel, le ma-riage ou ceci. (Elle montre son poignard.)

TOUS.

Un poignard.

LESPINGOT.

Ah! à la fin, je me révolte... Sapristi ! quand on a affaire à une femme qui arrête les hommes à marier sur la grande route de l'hyménée, et qui leur demande leur nom ou la vie le poignard à la main, on est en droit de regimber.

PAMÉLA.

Ne regimbez pas ! c'est inutile!... vous avez terni ma réputation... auprès de ma femme de ménage, de mon por-tier et de toutes ces demoiselles du magasin... vous m'avez compromise. Il me faut un mari, vous ou un autre, n'importe, brun, blond, laid, beau, je n'y tiens pas... mais il me faut un mari ou la mort.

LESPINGOT.

Eh bien ! je vous en trouverai un de mari.

PAMÉLA.

Quand ?

LESPINGOT.

Je demande trois ans.

PAMÉLA.

Je vous donne trois jours... et je ne vous quitte pas d'ici-là.

LESPINGOT.

Trois jours, mais où voulez-vous que je vous le pêche ?

PAMÉLA.

Où vous voudrez.

TYMPANON.

Trois jours pour trouver un homme, quand Diogène...

PAMÉLA.

Taisez-la donc.

TYMPANON.

Mais quoi ?

PAMÉLA.

Taisez-la tout de même.

LESPINGOT, frappé d'une idée.

Ah !

TOUS.

Hein ?

PAMÉLA.

Quoi ?

LESPINGOT.

Je crois que j'en ai un.

PAMÉLA.

Où est-il ?

LESPINGOT.

Il est laid.

ASTRAKAN, regardant Tympanon.

Serait-ce lui ?

PAMÉLA.

Ça m'est égal.

LESPINGOT.

Idiot.

TYMPANON, regardant Astrakan.

C'est lui.

PAMÉLA.

Tant mieux.

LESPINGOT.

Et riche.

TYMPANON.

Ce n'est pas nous.

PAMÉLA.

Toutes les qualités, il me va... où le fourrez-vous ?

LESPINGOT.

Ici... regardez par le trou de la serrure... il est là avec
son père... (Paméla va regarder.)

TYMPANON.

Ah ! je comprends.

ASTRAKAN.

Alors explique-moi.

LESPINGOT.

Je veux lui colloquer Patrocle, ça fera ton affaire et la
mienne.

ASTRAKAN.

Ah ! quelle idée ! Oui, mais comment.

LESPINGOT.

Je n'en sais rien.

PAMÉLA.

Ce jeune homme est charmant... le voici qui vient avec
son père, qui a l'air d'un assez brave homme.

LESPINGOT.

Alors retirez-vous et laissez-moi leur parler.

PAMÉLA, défiante.

Vous quitter ? Oh! je vous guetterai.

LESPINGOT.

C'est entendu. (A Astrakan.) Tiens-lui compagnie et laisse-
nous faire. (A Tympanon.) Toi, reste.

ASTRAKAN.

Employez toutes vos ressources.

PAMÉLA.

Pas de bêtises... ou... (Elle montre son poignard et sort avec
Astrakan par le fond.)

SCÈNE VII

TYMPANON, LESPINGOT, DUNANAN, PATROCLE.

DUNANAN.

Bon diner, ma foi, mais le prix m'inquiète. Ah! je suis
content de voir du pays, et toi Patrocle?

PATROCLE.

Moi aussi, papa, mais j'aimerais mieux voir Paris.

DUNANAN.

Ah! Paris... oui... j'en ai beaucoup entendu parler, nous irons plus tard.

LESPINGOT, à Tympanon.

Ils ne connaissent pas Paris, voilà mon affaire.

DUNANAN.

Mais Venezzia la bella! comme on dit; ce qui me contrarie, c'est de ne pas savoir l'italien.

LESPINGOT, à Tympanon.

Sais-tu un peu d'italien, toi?

TYMPANON.

Pas beaucoup, je ne sais que ioup la Catarina.

LESPINGOT.

C'est peu. (Ils causent bas.)

PATROCLE.

Papa.

DUNANAN, assis.

Mon fils.

PATROCLE.

Je suis très-malin, moi, vous savez.

DUNANAN.

Je le sais, après.

PATROCLE.

Je soupçonne que c'est le bruit de notre héritage qui a décidé votre ami Dutibia à vous écrire pour vous rappeler ses anciens projets de nous marier moi et sa demoiselle.

DUNANAN.

Oh! sa demoiselle! On dit sa *dona!*

PATROCLE.

Eh bien! sa demoiselle Dona.

DUNANAN.

Mais elle n'était pas d'âge à se marier, aujourd'hui elle est en position, et il m'écrit, ce cher Dutibia, et il nous presse de venir, parce que c'est l'époque du carnaval, ce fameux carnaval de Venise dont tu n'es pas sans avoir entendu parler. (Ils se lèvent.)

PATROCLE.

J'en ai oui dire par un fumiste qui s'y était trouvé en polichinelle, il paraît qu'il a ri comme un bossu.

TYMPANON, à Lespingot.

Je comprends ton idée, voyons donc, une barcarole. (Il cherche.)

DUNANAN.

Patrocle, promets à l'auteur de tes jours que tu ne feras pas à l'égard de la belle Paola comme avec toutes celles que j'ai voulu te faire épouser.

PATROCLE.

Papa, ça dépend, les femmes qui me disent oui tout de suite, je me dis : Il y a quelque chose là-dessous ; je veux une femme qui ne veuille pas de moi, afin d'en triompher par la force de ma séduction, si la belle Paola consent immédiatement, il n'y a rien de fait, si elle ne veut pas, j'en veux et j'en triomphe...

DUNANAN.

Par la force de ta séduction, c'est entendu.

LESPINGOT.

C'est bon à savoir.

TYMPANON.

Ah !

LESPINGOT·

Tu as une barcarole ?

TYMPANON.

Je vais en improviser une.

LESPINGOT.

Vas-y, je te suivrai.

TYMPANON, s'avançant et s'accompagnant sur son moulin à café. Astrakan entre pendant le chant.

AIR :

O Vénezzia la bella
Ioup la Catarina,
Promenà dans la gondola.
Ioup la Caterina,
Et glissa,
Et glissa
Ma gondola legera,
Et glissa,
Et glissa
Dessous la grand canala.
Et ioup et ioup la Catarina.

EMSEMBLE.

Et ioup et ioup, etc.

DUNANAN, ému.

Patrocle ?

PATROCLE.

Papa ?

DUNANAN.

Une chanson sur Venise. Tu entends *Venitia la bella*. Continuez virtuose, continuez, je suis ému.

LESPINGOT, à Tympanon.

Attends, j'en tiens un bon!

DEUXIÈME COUPLET.

'O Pescator di Lagonna;
Ioup et ioup la Catarina;
Pecca bella barbillonna,
Ioup et ioup la Catarina.
La poëla,
Frittura;
O bella
Barbillonna;
La poela,
Frittura,
Mangea la barbillonna
Et ioup et ioup, etc.

ENSEMBLE.

Et ioup et ioup, etc.

DUNANAN, à Patrocle.

Tiens, donne ça au monsieur. (Il lui donne un sou. Patrocle donne le sou à Lespingot, qui refuse en mettant son doigt à son œil.)

DUNANAN.

Il veut dire qu'il chante à l'œil.

PATROCLE.

Il sait le français.

DUNANAN.

Il connaît même toutes les finesses de la langue; je comprends tout ce qu'ils disent.

PATROCLE.

Et moi aussi, je suis très-malin, il parle de pêcheurs qui pêchent des barbillons pour faire frire dans la poële.

DUNANAN.

Tu y es en plein.

PATROCLE.

Papa, pourquoi donc broie-t-il du café en chantant?

DUNANAN.

C'est peut-être un chanteur de café, je vais le lui demander. (A Tympanon.) Ça... pourquoi faire?

TYMPANON.

Signor...

DUNANAN, avec joie.

Il m'appelle signor.

TYMPANON.

C'est l'usage à Venise d'accompagner ainsi les barcaroles... ça imite le frôlement de la gondole sur le sable de l'Adriatique, le bruit des vagues.

DUNANAN.

Ah! voilà... en effet l'accompagnement est un peu vague. Vous connaissez *Venezzia la bella* ?

TYMPANON.

Oh! comme ma poche.

LESPINGOT.

Nous y allons, mon ami et moi.

TYMPANON.

Nous partons dans un quart d'heure.

DUNANAN.

Tiens, et moi aussi, avec mon fils Eloi.

LESPINGOT.

Ah! monsieur est votre fils?

TYMPANON.

Eh bien! et l'oie? (Il regarde autour de lui.)

LESPINGOT.

C'est monsieur.

PATROCLE.

Oui, je vais épouser la belle Paola Dutibia... Vous connaissez peut-être?

LESPINGOT.

Parfaitement... nous serons enchantés de faire le voyage ensemble.

DUNANAN, ravi.

Ah! messieurs.

PATROCLE.

Papa, je suis bien content.

LESPINGOT.

Et, comme vous ne connaissez pas la ville, nous nous ferons un vrai plaisir de vous y guider.

L'HOTELIER, entrant et présentant un papier à Dunanan.

Messieurs, c'est l'heure du départ; voici votre note.

DUNANAN.

Très-bien, hôtelier, très-bien. (Ils vont tous les trois régler leur compte dans un coin.)

TYMPANON, bas à Lespingot.

Comment, tu veux les emmener à Paris?

LESPINGOT.

Parfaitement, dans le magasin même de Paméla, Léocadie, la première demoiselle me servira dans la comédie que je médite.

TYMPANON.

Mais le long de la route, ils entendront appeler le nom des villes et ils s'apercevront bien...

LESPINGOT.

Et mon moyen ? (Geste de magnétisme.)

TYMPANON.

Ah ! très-bien !

LESPINGOT.

Toi, de ton côté, procure-toi une trompette.

TYMPANON.

Une trompette ?

LESPINGOT.

Oui, oui, je t'expliquerai pourquoi, chut ! les voici.

L'HOTELIER.

Merci, messieurs ; allons, bon voyage et amusez-vous bien.

DUNANAN.

Merci hôtelier. (L'hôtelier sort.)

PATROCLE.

Allons-nous nous amuser, mon Dieu !

TYMPANON.

Tout le long de la route, nous chanterons des barcaroles.

DUNANAN.

Oui, celle de tout à l'heure.

LESPINGOT.

Le troisième couplet avant de partir. (Gestes d'intelligence avec Tympanon.)

DUNANAN.

Ah ! voyons le troisième couplet. (Pendant que Tympanon chante, Lespingot passe derrière Dunanan et Patrocle et leur fait des gestes magnétiques.)

TYMPANON.

O lazzaroni piazetta,

LESPINGOT, jetant du fluide à Dunanan et à Patrocle.

Et ioup et ioup la Catarina ;

TYMPANON.

Bon macaroni avalla,

LESPINGOT, même jeu.

Et ioup, la Catarina ;

TYMPANON.

Et dorma,
Et ronfla,
De tout son long s'allongea ;
Et dorma,
Et ronfla,
Faisa la bonna siesta.
Et ioup, etc.

(Dunanan et Patrocle endormis.)

LESPINGOT, allant à la porte.

Vous pouvez entrez.

SCÈNE VIII

LES MÊMES, PAMÉLA ASTRAKAN.

LESPINGOT.

Taisez-vous,
Voici votre époux
Le mari que je vous destine.

PAMÉLA.

Mais il dort.

LESPINGOT.

Très-bien.
(Geste magnétique.)

PAMÉLA.

Je devine.

LESPINGOT.

Et je vous le conduis
A Paris.

PAMÉLA.

Peu m'importe,
Que l'on m'apporte
Pourvu qu'il sorte,
De tout ceci,
Un mariage,
Ou je m'engage,
A faire usage,
De cet objet-ci.
(Elle montre son poignard.)

DUNANAN et PATROCLE, à mi-voix.

Pecca bella barbillonna
Ioup et ioup la Catarina.

PAMÉLA.

Que chantent-ils donc là ?

TYMPANON.

C'est ouna barcarolla.

PAMÉLA.

Allons

LESPINGOT.

Partons.

TOUS.

Partons.

TYMPANON.

Et tous ensemble répétons.

PAMÉLA.

O Venezzia la bella
Ioup la Catarina,
etc.

(Ils se dirigent vers la sortie en chantant. — Lespingot attire Dunanan et
Patrocle à l'aide du magnétisme. — Le rideau baisse.)

ACTE DEUXIÈME

—

Un magasin de modes. — Au fond vitrail donnant sur la rue. — Porte
d'entrée au fond à droite. — Portes latérales.

———

SCÈNE PREMIÈRE

**ASTRAKAN, PAMÉLA, LÉOCADIE, AGATHE,
DEMOISELLES DE MAGASIN.** (Astrakan est à la porte et
regarde dans la rue.)

LES DEMOISELLES, harcelant Paméla et Léocadie.

CHOEUR, très-vif.

Que ferai-je?
Que dirai-je?
Que serai-je?
Parlez donc.
Ai-je un rôle?
Et ce drôle
Est-il drôle
Est-il bon?

ASTRAKAN, entrant en scène.

Taisez-vous mesdemoiselles,
Bavardes sempiternelles
Avec vos folles cervelles,
Nous n'en finirons jamais.

LES DEMOISELLES

REPRISE.

Que ferai-je, etc.

ASTRAKAN.

Je veux, quoiqu'il vous en coûte,
Oui, que chacune m'écoute;
D'y réussir je doute.

TOUTES.

Mais...

ASTRAKAN.

Paix!

LÉOCADIE.

Sachez donc que, pour la comédie.
Qu'à nos soins, on confia,
On va remplacer Léocadie,
Par madame Dutibia.

TOUTES, riant.
Ah! ah ! ah! ah! ah! ah !
Bonjour, madame Dutibia.

PAMÉLA.

Attendez-vous à voir disparaître,
La modiste Paméla ;
Puis à sa place, nous allons mettre,
La signora Paola.

TOUTES, riant.
Ah! ah! ah! ah! ah! ah !
Bonjour, signora Paola.

ASTRAKAN.

Ah ! je le vois, votre rôle est à faire,
Le plus difficile de tout ;
La femme, rarement, peut en venir à bout.

TOUTES.
Qu'est-ce donc! qu'est-ce donc?

ASTRAKAN.

                          Vous taire.

TOUTES.

Taisons-nous.

PAMÉLA.
              Ainsi vous comprenez-bien,
Vous ne direz plus rien.

TOUTES.
Taisons-nous, tout ira bien,
Mais pourtant...

ASTRAKAN.
Silence!

TOUTES.
Cependant

ASTRAKAN.
Prudence.
Il ne faut
Pas souffler un mot.

TOUTES.
Taisons-nous, ne disons rien,
Tout ira bien.

AGATHE.

Ah ! bien non, se taire, ça n'est pas un rôle.

TOUTES.
Oui, oui oui, je veux un rôle.

LESPINGOT, entrant par le fond.

Quoi ? qu'est-ce qu'il y a ?

LES DEMOISELLES.

Nous voulons un rôle.

LESPINGOT.

Eh bien ! vos rôles, vous les ferez vous-mêmes ; ils consistent à laisser croire au futur époux et au futur beau-père de votre amie Paméla, qu'ils sont à Venise.

ASTRAKAN.

Voilà tout ce qu'on vous demande.

TOUTES LES DEMOISELLES.

Mais comment ?

LESPINGOT.

D'abord nous sommes ici rue Saint-Marc, voilà déjà qui sent sa Venise.

AGATHE.

Oui, mais Venise est bâtie sur l'eau.

LESPINGOT.

Eh bien ! rue Saint-Marc, quartier *Feydeau*. (Fait d'eau.) Comme ça se trouve.

TOUTES, riant.

Ah ! ah ! ah !

PAMÉLA.

Enfin, M. Lespingot, c'est votre affaire ; voyez, surveillez, conduisez votre plan comme vous l'entendrez ; quant à moi, je ne vous quitte pas, je vous harponne, je vous cramponne, je vous emboîte... vous devez me marier... je ne connais que ça.

LESPINGOT, soupirant.

Ah ! croyez bien que je ferai tout mon possible, je vous en donne ma foi et je me sers du mot *de foi* avec intention à propos de cette entremise de mariage. (Ils discutent tout bas, des masques paraissent dans la rue et viennent regarder aux vitres, les uns jouent du mirliton, d'autres tournent des crécelles et sifflent dans des pratiques de polichinelles, etc.

LES JEUNES FILLES.

Oh ! des masques ! (Elles courent aux vitres, les masques leur font des signes.)

TOUTES.

Tiens !... c'est Léon-Achille-Paul-Anatole-Théodore... etc.

LÉOCADIE.

Allons, allons, mesdemoiselles à notre comédie ! si vous la jouez bien jusqu'au bout, ce soir, nous ferons des crêpes et après je vous donnerai la permission d'aller au bal.

TOUTES.

Oh ! quel bonheur ! (Cris et rires au-dehors.)

Oh ! hé !... (On voit paraître Dunanan et Patrocle, les masques se les renvoient en riant.)

ASTRAKAN.

Ce sont eux.

SCÈNE II

LES MÊMES, TYMPANON.

TYMPANON, entrant vivement.

Voici mes deux gaillards.

LESPINGOT.

Où cela ? c'est avec eux que ces masques jouent au cochonnet !

TYMPANON.

Eux-mêmes... Va veiller sur eux. (Lespingot va à la porte.)

ASTRAKAN.

Ils ne se doutent encore de rien depuis ce matin que tu les trimbales ?

TYMPANON.

De rien... Grâce à ceci... (Il souffle dans une trompette de fontainier.

TOUTES LES DEMOISELLES, accourant.

Ah ! qu'est-ce que c'est ?

TYMPANON.

C'est pour couvrir les cris de Paris et autres paroles, qui à chaque instant menacent de nous trahir.

TOUTES, riant.

Ah ! ah ! ah !

TYMPANON.

Vous riez ! mais vous en aurez aussi.

TOUTES.

Hein !

TYMPANON.

La première de vous qui se trompe, gare la trompe. (Il souffle dans sa trompette ; cris et rires des jeunes filles, qui retournent aux vitres.) Ah ! seigneur ! que de peine ils me donnent, ces deux idiots. Ils m'ont payé mon voyage comme Cicerone, mais je l'ai bien gagné : obligé de servir de cornac à ces deux animaux, de les entretenir dans cette allusion qu'ils sont à Venise.

LESPINGOT.

Vite les voici.

PAMÉLA.

Moi à mon rôle. (Elle sort vivement.)

TYMPANON.

Allez vite !... et nous... à l'écart... La mise en scène, attention ! — Les guitares pour la circonstance... la chaîne de guitares. (Il distribue les guitares.)

LÉOCADIE.

En rang pour les recevoir... vous Fifine en tête... vous Amanda, de ce côté... moi à l'entrée.

TYMPANON.

Vous avez toutes vos guitares ?

LES DEMOISELLES.

Oui.

TYMPANON.

Cachez-les ! (Elles cachent leurs guitares derrière leur dos.)

SCÈNE III

LES MÊMES, DUNANAN, PATROCLE, ils rient aux éclats, entrent bousculés par des masques.

DUNANAN.

Que ces masques sont donc drôles !

PATROCLE.

Ah ! farceurs de Vénitiens !

AGATHE, s'accompagnant sur sa guitare.

Signores étrangers,
Qui venez à Venise ;
De plaisirs, sans dangers,
Saint-Marc vous favorise.
Ah ! ah ! ah !
Que, sur la lagune,
Caressé par les zéphirs,
Ah ! ah ! ah !
Au clair de la lune,
Vous goûtiez mille plaisirs.

DEUXIÈME DEMOISELLE.

Derrière un masque noir,
Pour vous voir apparaître,
Que l'amour, chaque soir,
Vous guette à sa fenêtre.
Ah ! ah ! ah !
Que, des sérénades,
Les refrains, chantés en chœur,
Ah ! ah ! ah !
Dans vos promenades,
Viennent enivrer vos cœurs.

TROISIÈME DEMOISELLE.

Que nos fruits d'or, aient tous,
Des senteurs embaumées.

QUATRIÈME DEMOISELLE.

Que nos nuits aient, pour vous,
Des brises parfumées.

TROISIÈME DEMOISELLE.

Ah ! ah ! ah ! que, dans leurs gondoles,
Pour vous, nos rameurs joyeux,

QUATRIÈME DEMOISELLE.

Ah ! ah ! ah ! de leurs barcarolles
Vous bercent sur les flots bleus.

PATROCLE.

Je vous remercie.

DUNANAN.

Ah ! quelle scie !

CHOEUR de toutes les demoiselles.

Signores étrangers, etc.

VOIX, au-dehors.

Demandez : Le guide l'étranger dans Paris. (Tympanon
couvre la voix par un fort coup de trompette.)

DUNANAN et PATROCLE, tressaillant.

Hein ?

DUNANAN.

Vous me faites des peurs, avec votre turlututu.

TYMPANON.

Tous les cicérones en ont, c'est l'usage.

LÉOCADIE.

Laissez-nous, mesdemoiselles.

TOUTES, saluant.

M. Dunanan !

AGATHE.

M. Patraque...

PATROCLE.

Comment Patraque ?...

AGATHE.

Enchantée de vous voir à Paris. (Coup de trompette de Tympanon).

TYMPANON, à part.

Imbécile ! (Haut.) Elle dit qu'elle est enchantée de vous
voir parmi nous. (Elles sortent.)

SCÈNE IV

DUNANAN, PATROCLE, TYMPANON, LÉOCADIE.

DUNANAN.

C'est à la signora Dutibia que j'ai l'honneur...

LÉOCADIE.

A elle-même... Ah! M. Dunanan, quelle joie!

DUNANAN.

Permettez-moi de déposer mon hommage à vos pieds,
belle dame. (Il lui donne deux gros baisers.) (à part.) C'est singu-
lier. Je connais cette figure-là, seulement... en maigre.

LÉOCADIE, à part.

J'ai vu ce visage-là, je ne sais où, mais moins gras.

PATROCLE.

Papa ?

DUNANAN.

Mon fils ?

PATROCLE.

Faut-il que je dépose aussi ?

DUNANAN.

C'est le plus saint de tes devoirs, dépose, mon ami, dépose.

PATROCLE, à Léocadie.

Voulez-vous permettre ? (Il l'embrasse.)

LÉOCADIE.

Mon cher gendre !... mais quel est ce monsieur ? (Elle dési-
gne Tympanon.)

DUNANAN.

C'est mon cicérone.

TYMPANON, récitant.

Cicérone ! Par allusion à Cicéron, cet ancien conducteur
qui trimballait les voyageurs de l'antiquité dans les carre-
fours de l'art oratoire et dans les squarres de l'éloquence.

DUNANAN.

Assez ! mais je ne vois pas mon ami Dutibia... Où est-il,
que je l'étreigne.

LÉOCADIE, embarrassée.

Ah !... M. Dutibia... Il est en voyage... parti... pour
quinze jours.

DUNANAN.

Oh ! c'est fâcheux ; comment il m'écrit de venir et...

LÉOCADIE.

Une affaire imprévue, indispensable...

PATROCLE.

Belle maman, et ma future, l'aimable Paola, où est-elle,
que je l'étreigne aussi ?

LÉOCADIE.

Elle va venir... jeune impatient... (Le lutinant) petit fou !...
(Offrant des chaises.) donnez-vous donc la peine de vous asseoir
messieurs. (Ils s'asseyent.) **Eh bien, messieurs, que dites-vous**
de Venise ?

PATROCLE.

Ah! oui, au fait, parlons-en.

TYMPANON, récitant avec volubilité.

Venise, *Vénétia* en latin, *Venezzia* en italien, ville mari-
time du Lombard-Vénitien (Italie), à deux-cent-quarante-
sept kilomètres Est de Milan, cent-dix mille habitants, résidence des doges au temps où il y en avait, résidence du
Conseil des Dix quand ils étaient neuf, résidence...

DUNANAN et PATROCLE tour à tour pendant ce débit.

Assez! assez! assez !

TYMPANON.

Pardon, en qualité de cicérone, je vous dois des expli-
cations.

DUNANAN.

Assez ! (A Léocadie.) Je vous dirai, madame, que je me fai-
sais de Venise, une toute autre idée.

PATROCLE.

Et moi aussi; d'abord ici, tout le monde parle français :
dans les hôtels...

TYMPANON.

Chut !

DUNANAN.

Dans les restaurants...

LÉOCADIE.

Chut !

PATROCLE.

Dans les... cafés.

TYMPANON.

Chut !

DUNANAN.

Hein ?

PATROCLE.

Quoi ?

TYMPANON, mystérieux.

C'est une marque de sympathie...

LÉOCADIE, bas.

Pour la France.

DUNANAN.

Bon, bon, bon.

UN CRIEUR au dehors.

Demandez : l'ordre et la marche du bœuf gras dans Paris.
(Coup de trompette de Tympanon.)

PATROCLE.

Que le diable vous emporte, cicérone.

LÉOCADIE.

Enfin qu'avez-vous vu déjà?

DUNANAN.

D'abord, nous avons déjeuné chez... chez qui donc?

TYMPANON, récitant.

Broggi, restaurateur italien, maison très-achalandée,
dîners, déjeuners, soupers, repas de corps et à la carte...

DUNANAN.

Assez,

PATROCLE.

Où je me suis flanqué du fricot italien... du... comment
appelle-t-on ça ?

TYMPANON, récitant.

Macaroni, tuyaux de pipe... creux, assaisonné au gruyère
parmesan, et autres fromages.

PATROCLE, ils se lèvent.

Assez ! Ah ! qu'il m'embête cet animal-là !

DUNANAN.

Et dire que je le paie pour ça — Ah ! et puis nous avons
vu des gondoles...

LÉOCADIE, surprise.

Des gondoles à Paris?

TYMPANON, bas à Léocadie.

(Hum !) Les gondoles de la rue du Bouloi...

PATROCLE.

Seulement, papa m'avait dit que ça allait sur l'eau.

TYMPANON.

L'été, oui.

LÉOCADIE.

Vous avez vu les gondoles d'hiver.

DUNANAN.

C'est ça, nous avons aussi vu le grand canal.

LÉOCADIE.

Ah ! le grand...

TYMPANON.

Le Rialto, oui. (Bas à Léocadie.) Je les ai menés dans l'égoût
collecteur.

PATROCLE.

Le pont des Soupirs.

LÉOCADIE.

Ah? (à part.) quel pont a-t-il pu montrer?

TYMPANON, bas.

Le pont des Arts, où passent, en soupirant, les candidats à l'académie.

DUNANAN.

Mais une chose que je voudrais voir à Venise c'est la tour de Londres.

TYMPANON.

Je vous la ferai voir demain.

DUNANAN.

En fait de tour, il y en a une que j'ai vue et dont j'avais beaucoup entendu parler; c'est la tour de Pise.

TYMPANON, bas à Léocadie.

Je leur ai montré la tour Saint-Jacques.

DUNANAN.

Mais on m'avait dit qu'elle était penchée.

TYMPANON.

Ah! on l'a redressée hier.

DUNANAN.

Ah! sacristi, nous n'avons pas de chance.

PATROCLE.

Nous sommes venus vingt-quatre heures plus tard; c'est fâcheux.

DUNANAN.

Ah! à propos, c'est ici la rue Saint-Marc, où sont donc les lions? je ne les ai pas vus.

TYMPANON.

Ils sont, dans ce moment-ci, chez l'empailleur pour leur remettre des queues.

PATROCLE.

Il y a une chose que je veux voir, c'est le palais des dogues.

TYMPANON.

Doges.

DUNANAN.

Doges?

PATROCLE.

J'ai toujours entendu dire : dogues.

TYMPANON.

Vous faites confusion, on dit niches des dogues, palais des Doges.

DUNANAN, à Patrocle.

Des *dogues* des entrepôts... tu sais bien...

TYMPANON.

Ah! ça c'est encore autre chose, nous verrons ça avec la tour de Londres.

PATROCLE.

Ah! et puis, je veux mener ma future au spectacle.

DUNANAN.

Ah! oui, nous venons de passer avec Cicéron devant un théâtre...

TYMPANON.

La Fenice.

DUNANAN.

Finissez?... ah... c'est possible;... on joue un *puritani*.

TYMPANON.

Oui, on n'en joue qu'un aujourd'hui, c'est dommage.

DUNANAN.

Ah! des fois, on en joue donc deux?

TYMPANON.

Et même davantage.

DUNANAN.

Et ça ne coûte pas plus cher?

TYMPANON.

C'est le même prix.

DUNANAN.

Alors, nous irons quand on les jouera tous. (Vocalise de Paméla.) Qu'est-ce que c'est que ça?

PATROCLE.

Quelqu'un qui se gargarise?

LÉOCADIE.

C'est ma fille qui chante.

DUNANAN et PATROCLE, avec joie.

Ah!

LÉOCADIE.

Elle gazouille comme un rossignol; tenez, mettez-vous à l'écart, vous allez l'entendre. (Ils se placent au fond.)

SCÈNE V

LES MÊMES, PAMÉLA, costume italien, mandoline.

Allons, sonnez en cadence, joyeux tambourins,
Vibrez, gaiment, douces mandolines;
Unissez, aux accords de nos voix argentines,
Le bruit charmant de vos refrains.

Chantons cette ville magique,
La perle de l'Adriatique,
Venise, aux palais enchantés;
Venise, reine des cités.
  Qu'elle est belle, Venise!
  Qu'elle est douce, sa brise!
  J'aime son ciel d'azur,
  Et son golfe si pur.
Ville de parfums et d'amour,
Si captive tu déroges;
Tu restes, veuve de tes doges,
Belle et poétique toujours;
Et tes fils, sur tes eaux limpides,
Conduisant leurs barques rapides,
Chantent encore, transportés,
Devant tes splendides beautés.

ENSEMBLE.

Qu'elle est belle Venise, etc.

TOUS.

Bravo! bravo!

PAMÉLA, l'air confus.

Des étrangers!

LÉOCADIE.

Des étrangers, eux?... non, ma fille, voici M. Dunanan et M. Patrocle, son fils... ton futur.

DUNANAN.

Mademoiselle, j'ai été longtemps dans la chaudronnerie, mais je n'ai jamais entendu chanter comme ça.

PATROCLE.

Oui... votre futur... voulez-vous permettre?... Ah! mademoiselle. (Il l'embrasse.)

DUNANAN, bas à Patrocle.

Que dis-tu de ta fiancée?

PATROCLE, de même.

Nous allons voir, papa... Madame, vous permettez... Papa, vous permettez également ainsi que vous mademoiselle... deux mots à vous dire... M. Cicéron, vous permettez?... A lui-même.) En avant mes théories sur les jeunes filles. Léocadie et Tympanon vont au fond.)

DUNANAN, à Patrocle.

Fais attention mon fils; sois insinuant sans cesser d'être honnête.

PATROCLE.

Soyez tranquille... papa... je serai convenable... (Amenant par la main Paméla sur le devant de la scène.)

PAMÉLA, à part.

Que veut-il faire?

PATROCLE, à demi-voix.

On vous a fait part, mademoiselle, d'un projet d'union entre vous et moi?

PAMÉLA.

Oui, monsieur.

PATROCLE.

Serez-vous heureuse de m'avoir pour mari?

PAMÉLA, baissant les yeux.

Oui, monsieur.

PATROCLE, regardant son père.

Hum! (Haut.) Me trouvez-vous joli garçon?

PAMÉLA.

Oui, monsieur.

PATROCLE, même jeu.

Hum! hum! (Haut.) M'aimez-vous?

PAMÉLA, confuse.

Oui... monsieur.

PATROCLE, à mi-voix à son père.

Papa, allons-nous en.

DUNANAN.

Mais mon fils... (Ils se disputent à voix basse pendant ce qui suit.)

LÉOCADIE.

Que veut dire?...

PAMÉLA.

Qu'y a-t-il?

TYMPANON, à part.

Fichtre! et moi qui avais oublié... ah! (Allant à Paméla et bas.) C'est un original... il a un dada... il aime les embarras, les obstacles, la résistance... et vous allez... vous allez...

PAMÉLA.

Bien... je comprends... il veut des obstacles, il en aura.

DUNANAN, colère.

Ah! je suis ton père, peut-être : Étudie... ta fiancée... étudie-la... dans le tête-à-tête; nous te laissons avec elle... Je le veux... (Geste de menace; air gracieux à Léocadie), belle dame, vous permettez que ces jeunes gens marivaudent quelques instants?

LÉOCADIE.

Comment donc?... Paola, restez.

PAMÉLA.

Oui, maman...

DUNANAN, à part.

C'est étonnant, j'ai vu cette figure-là quelque part. (A Patrocle.) Étudiez son caractère, étudiez-le... (On entend crier du dehors.) *L'indicateur des omnibus dans Paris!* (Coup de trompette de Tympanon.)

DUNANAN, furieux.

Que le diable vous emporte. (Il sort en conduisant Léocadie par la main.)

TYMPANON, à Patrocle.

Étudiez-la... étudiez-la... (Il sort.)

SCÈNE VI

PATROCLE, PAMÉLA.

DUO.

PAMÉLA, à part.
Maintenant, voyons le venir.

PATROCLE, à part.
A l'instant je veux en finir,
Allons-y.

PAMÉLA.
Le voici.

PATROCLE.
Pour lors donc, mademoiselle,
Je vois, clairement,
Que vous n'êtes pas rebelle,
A mon sentiment.

PAMÉLA.
Ah! permettez...

PATROCLE.
          Non, non, vraiment,
Je vois bien qu'à mon sentiment,
Vous correspondez carrément.

PAMÉLA.
Aucunement.

PATROCLE.
Comment, comment?

PAMÉLA.
Tout à l'heure, devant ma mère,
J'ai feint d'accéder à vos vœux,
Pour ne pas lui déplaire;
Mais, maintenant, entre nous deux
Je vous dis, d'une façon claire,
Que, si je suis de votre goût,
Vous ne me plaisez pas du tout.

PATROCLE, avec joie.
Vrai... (A part.) Mais elle me va beaucoup.

PAMÉLA.
Si donc, je deviens votre femme,
C'est contre mon gré.

PATROCLE.

Bravo! cet obstacle m'enflamme
Et je le vaincrai.

PAMÉLA.

Alors, par un avis fort sage,
Je vous préviens que j'ai mon plan :
Le jour de notre mariage,
Je vous plante un poignard au flanc
V'lan.

PATROCLE, effrayé.

V'lan.
Fichtre! c'est trop de résistance;
J'en voulais, mais sans violence...

PAMÉLA.

Vous êtes, je crois, prévenu,
Et mon cœur vous est bien connu.

PATROCLE, se rassurant.

Un poignard, ah! je n'y crois guère,
Vous voulez m'effrayer ainsi.

PAMÉLA.

Je le porte à ma jarretière.

PATROCLE.

Montrez, montrez voir un peu.

PAMÉLA, le montrant.

Le voici!

PATROCLE.

Elle l'a bien ici !

REPRISE DU MOTIF.

V'lan ! v'lan !

PAMÉLA, après le chant.

(A part.) S'il n'est pas content de ma résistance, je ne sais
plus ce qu'il faut faire (Haut.) vous voilà averti... v'lan ! (Elle
sort.)

SCÈNE VII

PATROCLE, puis LESPINGOT.

PATROCLE.

V'lan !... ah! bien non... ah! bien non! (criant.) Ah!
comme je ne vous épouserai pas, je voulais de la résistance,
mais pas tant que ça! oh! comme je ne moisirai pas ici...
Allons prévenir papa. (Il va pour sortir.)

LESPINGOT, drapé; loup rouge sur le visage.

Et pourquoi donc prévenir papa? (Il retient Patrocle.)

PATROCLE.

Hein ? d'où sort-il, celui-là ?

LESPINGOT.

Vous avez dit ?

PATROCLE.

J'ai dit... (A part.) Si je pouvais m'en aller.

LESPINGOT, le retenant.

e vous n'épouseriez pas...

PATROCLE, d'un ton doux.

Monsieur, voici la chose : Madame Paola, qui me fait l'effet d'une gaillarde... oh! oh! oh!...

LESPINGOT.

C'est ma sœur !

PATROCLE, stupéfait.

Ah ! c'est mademoiselle... votre sœur ?... alors... n'en parlons plus. (Fausse sortie.)

LESPINGOT, le retenant.

Au contraire, parlons-en... vous avez compromis ma sœur, la fille de ma mère; or, si vous ne l'épousez pas, je vous donne de ce poignard dans les côtes, v'lan.

REPRISE DU MOTIF.

V'lan ! v'lan ! je vous plante, etc.

Au revoir beau-frère... (Il sort.)

SCÈNE VIII

PATROCLE, puis LÉOCADIE, PAMÉLA, LES DEMOISELLES TYMPANON, ASTRAKAN.

PATROCLE.

Ah ! ça, voyons donc... récapitulons... si je l'épouse !... v'lan !... si je n'épouse pas, v'lan ! Ah ! mais je trouve qu'il y a trop de v'lan à la clef !

TOUT LE MONDE, entrant.

Les crêpes ! les crêpes !

ASTRAKAN.

Chacun fera sa crêpe !

TYMPANON, à Patrocle.

Vous ferez la vôtre.

LÉOCADIE, à Patrocle.

Et vous aussi, M. Dunanan.

PATROCLE, à part.

J'ai des crêpes dans les idées... mais pas de ce genre-là.

LÉOCADIE.

Qui fera la première crêpe?

TYMPANON.

Je commence!... les crêpes, les crêpes !

TOUS.

Les crêpes !

ASTRAKAN.

Attaquons !

TOUS.

Attaquons !

TYMPANON.

Apportez, en toute hâte,
Et la poêle et le réchaud.

TOUS, apportant réchaud, poêle, saladier, etc. etc.

Apportons, en toute hâte,
Et la poêle et le réchaud.

TYMPANON, prenant la poêle.

Chacun la main à la pâte,
Graissons ferme et versons chaud.

TOUS, *bis*.

TYMPANON.

Puis, sur la flamme qui brille,
Tandis que la crêpe grille,
Faisons-la, d'un tour de main,
Sauter sur ce gai refrain :
Allons, saute, saute, saute,
Tourne ton côté jauni ;
Attention, pas de faute,
Une, deux, trois.

(Il retourne la crêpe.)

C'est fini.

CHOEUR.

Allons, saute, etc.

TYMPANON, parlé.

A un autre la queue de la poêle...

DUNANAN, à Patrocle.

II

Que ton talent se dévoile,
Au feu, te voilà placé

CHOEUR.

Que son talent, etc. etc.

PATROCLE.

Qui tient la queue de la poêle,
Est toujours embarrassé.

CHOEUR.

Qui tient la queue de la poêle
Est toujours embarrassé;

PATROCLE, à part, tenant la poêle.

On me regarde, il me semble
Qu'en ce moment-ci, je tremble.

LESPINGOT, prenant la poêle.

La crêpe va s'en aller

PATROCLE, à part.

Ah! si je pouvais filer!

LESPINGOT.

Allons, saute, saute, saute, etc. etc.

LESPINGOT, après le chœur.

A qui le tour?

PAMÉLA.

A moi! (Elle prend la poêle).

LÉOCADIE, offrant des crêpes à Dunanan et à Patrocle.

Messieurs, veuillez accepter, je vous prie (Patrocle refuse.)

DUNANAN, regardant Léocadie.

Certainement, belle dame... (La reconnaissant.) Cri! (A part.)
Cette fraise sur l'épaule gauche, c'est Léocadie, je la
reconnais.

LÉOCADIE, à part.

Adolphe! c'est lui...

DUNANAN.

Allons-nous-en mon fils.

PATROCLE.

Oui papa.

ASTRAKAN et LESPINGOT, les retiennent et leur offrent à boire.

TROISIÈME COUPLET.

PAMÉLA.

Dieu bouffi de la folie,
Bon et joyeux mardi-gras.

CHOEUR.

Dieu bouffi, etc.

PAMÉLA.

En vain, notre voix te crie:
Restes-nous, ne t'en va pas;
Tu vas fuir, et le carême,
Va se montrer pâle et blême;
Mangeons donc vite aujourd'hui,
Toutes nos crêpes sans lui:
Allons, saute, saute, saute,
Montre ton côté jauni;
Attention, pas de faute,
Une, deux, trois, c'est fini.

CHOEUR.

Mardi-gras
Si tu t'en vas
V'là des crêpes, *bis*.
Si tu t'en vas
Des crêpes, tu n'en auras pas.

On danse, on trinque, cris, rires, tableau bruyant.

ACTE TROISIÈME

PREMIER TABLEAU

La rue, le magasin de modes à gauche. — Nuit.

SCÈNE PREMIÈRE

TYMPANON, LESPINGOT, ASTRACAN. (Entrant mystérieuse-
ment se faisant des signes d'intelligence.) Sortent à droite et à gauche.
DUNANAN, puis PATROCLE.

DUNANAN, sortant du magasin.

Fatale découverte ! madame Dutibia c'est Léocadie, Léocadie c'est une ancienne passion à moi, qu'il y a vingt-
trois ans, à Lyon, j'ai plantée-là comme un gredin, après lui
avoir juré un amour titanesque. On m'appelait Adolphe
dans ce temps-là, je puis vous l'avouer, il n'y a personne de
trop ici : quand on m'appelle Adolphe adieu prudence ; mais
comment sortir de ce labyrinthe. (Il rêve les yeux baissés.)

PATROCLE, entrant.

Ah bien non, que je ne moisirai pas ici... tiens v'la papa,
tant mieux; décampons.

DUNANAN.

Vingt-trois ans... Sa fille a vingt-deux ans et demi, c'est
bien cela.

PATROCLE, sans comprendre.

Oui, c'est bien cela... décampons.

DUNANAN, à lui-même.

Et j'irais donner... mon fils à ma f... horreur !

PATROCLE.

C'est entendu, il n'en faut pas ; pourtant elle me subju-
guait cette femme... et sans son poignard j'aurais palpité
pour elle.

3.

DUNANAN.

Avale cette parole malheureux avale cette parole.

PATROCLE.

J'ai encore les crêpes sur l'estomac, je ne pourrais plus rien prendre, décampons, papa, décampons ou je décampe tout seul. (Il vont pour sortir.)

SCÈNE II

LES MÊMES, ASTRAKAN.

ASTRAKAN, mystérieusement.

Chut ! méfiez-vous.

DUNANAN et PATROCLE, effrayés.

Hein ?

ASTRAKAN.

Chut, c'est moi.

DUNANAN.

Ah !... vous m'avez fait peur

ASTRAKAN.

Vous vouliez fuir ?

PATROCLE.

Nous y songions vaguement.

ASTRAKAN.

Ne vous en avisez pas.

DUNANAN.

Ah ! qu'est-ce qu'il y a ?

ASTRAKAN.

Vous êtes entourés d'espions.

PATROCLE, regardant autour de lui.

Où ça ? où ça ?

DUNANAN.

Des espions...

ASTRAKAN.

A tous les coins de rues.

PATROCLE.

Qui est-ce qui les a mis là ?

ASTRAKAN.

Le frère !

DUNANAN.

Le frère ? quel frère ?

ASTRAKAN.

Le frère de Paola.

PATROCLE.

Ah ! l'homme au... v'lan !

ASTRAKAN.

Et ils vous feront un mauvais parti si vous cherchez à quitter Venise.

PATROCLE.

Ah ! mais tout ça ne peut pas durer ! si je n'épouse pas, j'ai sur le dos le frère et ses coupe-jarrets, si j'épouse Paola...

DUNANAN.

Je te maudis.

PATROCLE.

Bien, il ne manquait plus que cela : Maudit par papa, assassiné par ma femme ; quelle impasse ! mon Dieu quelle impasse !

ASTRAKAN.

Chut !

DUNANAN.

Quoi encore ?

ASTRAKAN.

J'ai cru voir roder les espions.

DUNANAN et PATROCLE, effrayés.

Les espions !

ASTRAKAN, bas.

Je vais vous donner un conseil !

PATROCLE.

Le conseil des Dix ?

DUNANAN.

Dites vite ! homme tutélaire, dites vite !

ASTRAKAN, avec mystère.

Il faut vous débarrasser du frère.

PATROCLE, très-haut.

Ah ! sapristi ! s'il ne fallait que trente-cinq sous...

DUNANAN.

Chut donc... nous débarrasser du... oui... ah, oui, mais c'est encore plus difficile que de jouer au bouchon avec des pains à cacheter.

ASTRAKAN.

Rien de plus facile, nous avons ici des bravi !..

PATROCLE.

D'invention !..

DUNANAN.

On te dit des bravi...

PATROCLE.

J'entendais des brevets.

DUNANAN.

Il y a donc encore de ça ?..

ASTRAKAN

Toujours ! vous comprenez ?... avec de l'argent, v'lan.

PATROCLE.

Ah ! bon, ah ! bon... v'lan toujours ; charmant pays ! charmant pays !

DUNANAN.

Comment on peut se débarrasser de...

ASTRAKAN.

Oh, ça se fait très-bien ici.

DUNANAN.

Mais où trouver un bravo de confiance un brave bravo ?

ASTRAKAN.

Je vais vous en envoyer deux, ici, et pendant qu'ils se chargeront de votre homme, je viendrai vous prendre pour vous conduire au Casino, et là, à l'aide d'un déguisement, au milieu du bal, je vous donnerai les moyens de quitter Venise... adieu... adieu...

DUNANAN et PATROCLE.

Vous nous quittez ?...

ASTRAKAN.

Chut !... ne bougez pas d'ici... (à Tympanon et Lespingot.) A vous maintenant.

DUNANAN.

Maintenant il s'agit de trouver les bravos.

TYMPANON et LESPINGOT, en tyroliens grotesques.

Les bravos demandés, voilà !...

QUATUOR.

LESPINGOT, bas.

J'escoffie
Toutes les nuits,
Sans que de moi l'on se défie.

TYMPANON.

J'escoffie
Toutes les nuits,
Toutes lès nuits à prix réduits.

PATROCLE.

Comme dans tout, la concurrence
Existe, là, c'est positif,

DUNANAN.

Ils vont nous servir, je le pense,
Moins cher qu'au tarif ;

TYMPANON, à Patrocle.
J'escoffie
Toutes les nuits,
Sans que de moi l'on se défie.

LESPINGOT, à Dunanan.
J'escoffie
Toutes les nuits,
Toutes les nuits à prix réduits.

LESPINGOT.
Je viens vous offrir mes services,
J'accours à votre appel.

TYMPANON.
Je vous offre mes bons offices,
Mon dévouement réel ;

LESPINGOT.
Parlez que faut-il faire ?

TYMPANON.
Contez-moi votre affaire,

DUNANAN.
Attendez,

PATROCLE.
Attendez,

LESPINGOT.
Répondez,

TYMPANON.
Répondez,

TYMPANON.
Veuillez nous désigner, bien vite,
L'homme pour vous embarrassant,

LESPINGOT.
L'ennemi ! son nom tout de suite,
Si, pour vous, le cas est pressant.

DUNANAN.
De grâce pas de sang,

PATROCLE.
Oh ! non, non, pas de sang,

LESPINGOT.
Oh ! peu m'importe, en somme,
Je fais, très-proprement,
Très-promptement, l'étranglement ;

TYMPANON.
Soit, je noîrai votre homme,
Dans le canal San Martino,
Et la piazza di Bastillo ;

PATROCLE.
J'aime assez le canal.

DUNANAN.
Étrangler n'est-pas mal,

LESPINGOT, et TYMPANON.

Ainsi c'est entendu?

DUNANAN et PATROCLE.

Ainsi c'est convenu?

ENSEMBLE.

J'escoffie, etc. ete.

PATROCLE.

Voilà la chose, bravo, voilà la chose...

DUNANAN.

Nous ne sommes pas en sûreté ici, pas du tout, pas du tout.

TYMPANON.

Oui, oui, oui.

LESPINGOT.

Je vois ça d'ici, vous avez un gêneur.

PATROCLE.

Comment? mais c'est-à-dire, mon cher monsieur, que nous n'osons pas faire un pas; nous nageons dans un océan de poignards, de stylets et de dagues de Tolède!

DUNANAN.

Et si vous pouviez dès ce soir nous priver de...

TYMPANON.

Ah! ce soir c'est impossible.

PATROCLE.

Ah! c'est ennuyeux.

LESPINGOT.

Nous ne pouvons pas avant demain.

TYMPANON.

Mon honorable confrère et moi nous avons de l'ouvrage pour cette nuit.

DUNANAN.

Ah! vous avez...

LESPINGOT.

Oui, une petite commande très-pressée.

PATROCLE, à part.

Ils appellent ça une petite commande, comme s'il s'agissait d'une paire de bottes, charmant pays! charmant pays!

LESPINGOT.

Deux Français à expédier.

DUNANAN, et PATROCLE inquiets.

Deux Français?

TYMPANON.

Chacun le nôtre, mon brave ami est chargé du père.

DUNANAN, effrayé.

Du père! (Il s'éloigne de Lespingot.) Il y a un père?

LESPINGOT.

Et mon estimable confrère du fils.

PATROCLE, même jeu.

Du fils!... il y a un fils, ?

TYMPANON.

Les nommés Dunanan! nous les cherchons pour les expédier. (Dunanan et Patrocle, se regardent un moment en silence, puis font subitement volte-face. Tympanon et Lespingot les ramènent.)

LESPINGOT, à Dunanan.

Ainsi donc, c'est entendu, demain à la même heure, ici...

TYMPANON, à Patrocle.

Nous y serons... au revoir.

DUNANAN.

Dites-donc, si ça vous gêne trop, il ne faut pas vous déranger.

ASTRAKAN, qui est entré, bas à Dunanan et à Patrocle.

C'est moi.

DUNANAN et PATROCLE, effrayés.

Hein quoi?

ASTRAKAN.

Venez...

TYMPANON.

A demain.

LESPINGOT.

A demain. (Tympanon et Lespingot sortent par la gauche, en même temps que les autres par la droite, en longeant les maisons.

Changement à vue.

DEUXIÈME TABLEAU

La salle de bal du casino Cadet.

SCÈNE PREMIÈRE

LÉOCADIE, puis PAMÉLA.

Au lever du rideau, fin d'un quadrille bruyant, dansé par des masques.

LÉOCADIE, entrant vivement et d'un air très-agité, déguisement d'espagnole.

Je ne le vois pas... que peut-il être devenu?... Adolphe!...

c'enlui..t . ceague souvenir que ses traits apportaient à movses prit, un nom échappé à ses lèvres, l'a précisé... ce nom, c'était le mien! Oh! c'est lui!... c'est lui... et il a disparu... subitement, j'espérais le trouver ici... je ne l'y vois pas... (Elle disparaît dans les groupes de masques.)

PAMÉLA, en Colombine, entrant par la droite, vivement et avec agitation.

Aurais-je été mystifiée... se serait-on joué de moi... disparu! lui!... et ce Lespingot... et les deux autres... oh!... mes ongles... mes ongles... que ça me soulagerait de les enfoncer dans un visage quelconque.

LÉOCADIE, revenant.

Où est-il?... où est-il?

PAMÉLA, se heurtant à Léocadie.

Hein? quoi... ah! c'est vous? (Avec colère.) mais où est-il?

LÉOCADIE.

Adolphe?...

PAMÉLA.

Quoi Adolphe? qu'est-ce que c'est qu'Adolphe? qu'est-ce que vous me chantez avec Adolphe? je vous parle de Patrocle.

LÉOCADIE.

Et je me moque bien de votre Patrocle.

PAMÉLA.

Ah!... je comprends ça... une femme hors d'âge...

LÉOCADIE.

Femme hors d'âge... insolente.

PAMÉLA.

Tandis que moi, c'est un mari que je perds... un mari qui me convenait... pas beau, mais enfin un mari...

LÉOCADIE, la quittant.

Allez au diable avec votre mari!

PAMÉLA, rageant.

Oh, oh, oh, ce Lespingot que je ne le pince pas, mon Dieu! sinon...

SCÈNE II

LES MÊMES, LESPINGOT, TYMPANON, ivre, costume de troubadour abricot.

LESPINGOT, entraînant Tympanon.

Si tu dis un mot misérable... je t'étrangle.

TYMPANON, se débattant.

J'ai des remords, j'ai des remords.

PAMÉLA.

Ah! vous voilà!

LÉOCADIE.

Leurs amis, ah ! Je vais savoir...

LESPINGOT.

Eh bien ! quoi ? qu'est-ce qui vous prend, Paméla ? (Retenant Tympanon.) Veux-tu rester là toi ?

PAMÉLA.

Ce mari, ce M. Patrocle, où est-il ?

LÉOCADIE.

Et Adolphe ? (Se reprenant.) Le père de ce jeune homme, veux-je dire ? qu'en avez-vous fait ?

LESPINGOT.

Eh bien ! ils vont venir à l'instant, je les ai confiés à Astrakan.

TYMPANON, voulant se dégager.

Laisse-moi aller les retrouver, je veux tout leur dire...

PAMÉLA.

Leur dire quoi ?

LESPINGOT.

Un animal qui s'est mis dans l'état que vous voyez, et qui veut à toute force dire aux Dunanan qu'ils sont à Paris... qu'on s'est moqué d'eux !

PAMÉLA.

Ne vous en avisez pas !

TYMPANON, pleurant.

Ça me fait trop de peine de voir ces deux malheureux... qui m'ont régalé là-bas à Mâcon, qui m'ont payé mon voyage, qui n'ont pas cessé de me faire des politesses et que je me rends le complice d'une scélératesse. (Sanglottant.) Hi, hi, hi. (Voulant fuir.) Lâche-moi... Lâche-moi... j'ai trop de remords.

LÉOCADIE.

Voyons, voyons, conduisez-nous auprès d'eux.

LESPINGOT.

Je vais te faire mettre au poste, comme ivre et faisant du scandale. Venez...

TYMPANON, hurlant.

Ça m'est égal, je crierai partout dans le bal, au contrôleur, aux hommes du poste et au caporal. (Criant.) Dunanan père et fils on vous fiche dedans, vous êtes à Paris...

LESPINGOT, voulant l'enlever.

Veux-tu te taire.

TYMPANON, criant.

La belle Paola, c'est Paméla, madame Dutibia c'est Léocadie, le frère, un faux frère, avec une fausse barbe, moi un faux bravo... (Il enlève Lespingot, se sauve avec Léocadie et Paméla.) Courons. (Elles sortent vivement après Lespingot et Tympanon.)

SCÈNE III

DUNANAN et PATROCLE, entrant par la gauche ; ils sont vêtus,
Dunanan en Italienne, Patrocle en oie.

PATROCLE.

Papa ?

DUNANAN.

Mon fils ?

PATROCLE.

Nous sommes seuls ?

DUNANAN.

Pour le quart d'heure, oui...

PATROCLE.

Je vais en profiter pour respirer et ôter mon masque ; il fait une chaleur... Mouchons-nous, papa, pendant que nous sommes démasqués.

DUNANAN.

Mouchons-nous mon fils. (Ils se mouchent, coup de trombonne à l'orchestre ; effroi du bruit qu'ils on fait.)

PATROCLE, surpris.

Noire guide a eu là une fameuse idée de vous déguiser, vous en femme, et moi en oie.

DUNANAN.

J'ai encore peur qu'on te reconnaisse ; je crois cependant que si les espions devinent que c'est nous, ils auront un rude œil !

PATROCLE.

Oh oui !... oh oui... d'autant que, pour ce qui est du sexe, c'est à s'y méprendre ; au point, papa, que je redoute, pour vous, les entreprises de la jeunesse vénitienne.

DUNANAN.

Crois-tu que je ne suis pas un peu ?...

PATROCLE.

Dodu ?... pas trop... vous êtes boulotte, papa, vous êtes boulotte. (Des masques, parmi lesquels les modistes, sont entrés doucement par le fond, et se sont montrés en riçanant Dunanan et Patrocle.

DUNANAN.

Enfin l'essentiel, c'est qu'il est impossible de nous reconnaître. (Ils se retournent tous deux, à ce moment-là l'on voit sur leur dos, deux pancartes ; l'une portant ces mots : M. Dunanan père, — l'autre ceux-ci : M. Dunanan fils.)

PATROCLE.

Ah ! impossible, impossible. (Rires des masques.)

DUNANAN.

Du monde ! remasquons-nous. (Ils se remasquent.)

SCÈNE IV

LES MÊMES, les personnages indiqués ci-dessus.

AGATHE.

Bonsoir à monsieur Dunanan père,

(Mouvement de surprise de Dunanan.)

AUTRE MODISTE.

Bonsoir à monsieur Dunanan fils,

(Même jeu que Dunanan.)

TROISIÈME DEMOISELLE.

Bonsoir à monsieur Dunanan père,

QUATRIÈME DEMOISELLE.

Bonsoir à monsieur Dunanan fils,

CHOEUR.

A tous, votre présence est chère,
Et, ce lieu des jeux et des ris,
Devient, pour nous, un paradis,

DUNANAN, à Patrocle.

A Venise; eh quoi! reconnus,

PATROCLE.

Où nous n'étions jamais venus,

AGATHE, à Dunanan.

Votre santé comment va-t-elle?

AUTRE DEMOISELLE, à Patrocle.

La vôtre nous paraît très-belle.

TROISIÈME DEMOISELLE.

Votre aspect nous met tous en joie

QUATRIÈME DEMOISELLE.

Tournez-vous donc que l'on vous voie,

DUNANAN, à Patrocle.

Voyons, mon fils, comprends-tu bien?

PATROCLE.

Moi, papa, je n'y comprends rien.

REPRISE DU CHOEUR.

Bonsoir à monsieur Dunanan père,
Bonsoir à monsieur Dunanan fils,
A tous votre présence est chère,
Et ce lieu des jeux et des ris,
Devient pour nous un paradis,
Bonsoir,
Bonsoir.

(Les masques sortent en riant aux éclats.)

PATROCLE.

On nous laisse là comme deux oies papa.

DUNANAN.

Parle pour toi mon fils.

SCÈNE V

PATROCLE, DUNANAN, puis PAMÉLA.

PAMÉLA, entrant vivement.

Ce monsieur Astrakan qui les a lâchés dans le bal sous prétexte que Lespingot les a marqués de façon à les retrouver... où sont-ils...? (Apercevant Patrocle.) Une oie ! serait-ce mon futur ?

DUNANAN et PATROCLE, à part.

Paola. (Ils se retournent vivement.)

PAMÉLA, voyant les pancartes.

Ah !... (Lisant.) Monsieur Dunanan père.

DUNANAN.

Encore ?

PAMÉLA, lisant.

M. Dunanan fils.

PATROCLE.

Elle aussi.

PAMÉLA, prenant le bras de Patrocle.

Enfin je vous retrouve M. Patrocle.

PATROCLE, se démasquant et ricanant.

Oui... ah, ah, ah.

PAMÉLA.

Vous me direz pourquoi vous vous êtes enfui au lieu de m'attendre.

PATROCLE, ricanant.

C'était pour vous intriguer... ah, ah, ah...Mais c'est drôle, vous nous avez reconnus tout de suite.

DUNANAN, à part.

C'est ma fille !... tout mon portrait.

PAMÉLA.

Il faut que je vous parle...

DUNANAN.

Arrêtez, je ne souffrirai pas...

SCÈNE VI

LES MÊMES, LÉOCADIE, masquée.

LÉOCADIE, exaltée.

Lui... le voilà... ah ! (Bas en lui prenant le bras.) Restez il faut que je vous parle. (Paméla entraîne Patrocle.)

DUNANAN.

Une Espagnole ! une bonne fortune... pendant que mon fils n'est pas là...

LÉOCADIE, se démasquant.

Adolphe !

DUNANAN.

Léocadie ! (A part.) Pincé !

COUPLET EN DUO.

AIR :

DUNANAN.
C'était en l'an de grâce
LÉOCADIE.
Mil huit cent trente-neuf ;
DUNANAN.
Vous étiez bien moins grasse,
LÉOCADIE.
Vous, vous étiez plus neuf ;
DUNANAN.
Ma chevelure blonde...
LÉOCADIE.
En boucles, ondulait ;
DUNANAN.
Votre main, blanche et ronde,
LÉOCADIE.
Parfois s'y promenait.

ENSEMBLE.

Je sens mon âme ravie
Et mon cœur battre toujours, *bis.*
En songeant à ces beaux jours.

DEUXIÈME COUPLET.

LÉOCADIE.
Et puis ce cœur nomade...
DUNANAN.
Te lâcha tout à coup ;
LÉOCADIE.
J'en fus presque malade,
DUNANAN.
Presque n'est pas beaucoup.
LÉOCADIE.
Par bonheur je suis forte ;
DUNANAN.
Il n'en résulta rien.
LÉOCADIE.
Comme tu dis, en sorte...
DUNANAN.
Qu'aujourd'hui tu vas bien ?

LÉOCADIE, parlé.

Assez bien, je te remercie, et toi ?

DUNANAN, parlé.

Comme tu vois, à la douce.

ENSEMBLE.

LÉOCADIE.

Adolphe.

DUNANAN.

Léocadie.
C'était en l'an de grâce
LÉOCADIE.
Mil huit cent trente-neuf ;
DUNANAN.
Vous étiez bien moins grasse,
LÉOCADIE.
Vous, vous étiez plus neuf ;

ENSEMBLE.

Je sens mon âme, etc. etc.

LÉOCADIE.

Nous ne devons plus nous revoir... monstre ! ce cœur que vous m'aviez donné, vous l'avez donné à une autre, vous êtes père... époux.

DUNANAN.

Père, oui ; époux ?... non... non... (Gaiement.) Je suis veuf.

LÉOCADIE, avec espoir.

Veuf ?

DUNANAN, riant.

Mais oui... Eh ! eh ! eh ! (amèrement.) Mais vous, Léocadie) vous ne vous êtes pas gênée pour vous consoler. (Amèrement., Ah ! vous vous êtes rudement consolée; ma chère.

LÉOCADIE.

Moi ?... Je vous suis restée fidèle.

DUNANAN.

Vingt-trois ans !... Amère dérision, et Dutibia ?

LÉOCADIE.

Dutibia ?

DUNANAN.

Oui... que vous avez épousé... ah ! après ça, j'aime mieux que ce soit lui qu'un autre... un ami.

LÉOCADIE, comprenant.

Ah !... (A part.) Ah mon Dieu... Comment lui dire ?... comment lui faire comprendre ?...

SCÈNE VII

Les mêmes, ASTRAKAN travesti, PATROCLE et PAMÉLA.

ASTRAKAN, entraînant en triomphe Patrocle et Paméla.

Ah ! M. Dunanan, vous voilà.

PATROCLE, ému.

Ah ! papa !

PAMÉLA.

Ah ! monsieur. (Ils le harcèlent tous les trois.)

DUNANAN.

Quoi ? ils ont l'air de trois ahuris.

PATROCLE, radieux.

J'en ai triomphé par la force de ma séduction.

DUNANAN.

Hein ?

ASTRAKAN.

Le charme des discours de ce jeune homme, l'enivrement de la danse, tout a enchaîné ces jeunes cœurs.

PATROCLE.

Plus de poignards! papa... elle me l'a donné.

ASTRAKAN.

Votre consentement, M. Dunanan, il le faut.

PATROCLE.

Il le faut, papa, ou craignez mon désespoir.

PAMÉLA.

Et le mien, monsieur, et le mien.

DUNANAN.

Jamais !.... (A part.) Un amour incestueux ?

PATROCLE.

Ah! père cruel!

PAMÉLA.

Père sans entrailles.

LÉOCADIE.

Voyons, Adolphe...

ASTRAKAN.

Voyons, Adolphe...

DUNANAN, se dégageant.

Ah ! ne m'appellez pas Adolphe. (Cris au dehors.) La musique ! la musique !

SCÈNE VIII

Les Mêmes, TYMPANON, en homme orchestre ; grosse caisse au dos, mailloche au coude, chapeau chinois sur la tête, flûte de Pan dans la cravate, etc.

TYMPANON.

La musique, la voilà ! j'ai dévalisé l'orchestre, pendant que les musiciens étaient allés souper ; je vais les remplacer à moi tout seul. (Apercevant Dunanan et Patrocle). Ah !... vous voilà ! il y a longtemps que je vous cherche (Criant.) J'ai des remords !

PAMÉLA et LÉOCADIE.

Arrêtez !

ASTRAKAN.

Tais toi, misérable !

PAMÉLA, menaçante.

Pas un mot, ou...

TYMPANON.

J'ai dit que j'avouerais tout... (Résistant aux trois qui le contiennent.) Dunanan père et fils !... il n'y a ici ni Paola, ni Dutibia.

DUNANAN et PATROCLE.

Hein ?

TYMPANON.

Ni frère, ni bravi.

DUNANAN et PATROCLE.

Ah bah !

TYMPANON.

Ni Venise ; vous êtes à Paris...

LÉOCADIE, PAMÉLA, ASTRAKAN.

Patatras !

DUNANAN.

Ah ! je demande à comprendre... (Criant.) Je demande à comprendre ?

TYMPANON.

C'est inutile vous comprendrez plus tard.

SCÈNE IX

Invasion de masques.

CHOEUR.

Allons,
Bassons,
Violons,

Clarinettes,
Et trompettes
Dormez-vous?
L'heure s'avance,
Qu'on commence
La danse
Pour nous...

SCÈNE X

LES MÊMES, LESPINGOT en chicard, suivi d'une bande de petits
chicards.

LESPINGOT.

Ohé! chicards,
Gais flambards,
Badouillards,
Et joyeuses
Danseuses;
Voici, du bal,
Le magique signal;
Fêtons le carnaval.

(A Paméla bas.)

Je suis quitte avec vous:
Je vous donne un époux.

(A Dunanan.)

Ces enfants, je le sais,
S'aiment plus que jamais;
Allons, unissez-les!

TOUS.

Allons, unissez-les.

REPRISE.

Ohé! chicards, etc.

Danse bruyante et générale.

FIN.

Imprimerie de L. TOINON et Cie, à Saint-Germain.

CONFECTIONS POUR HOMMES
Entresol. — Galerie Saint-Honoré

Pardessus cheviotte anglaise, doublés de satin de Chine . . . . 35. » et **29** fr.

Robe de chambre en molleton, très belle qualité, doublée cachemire et ouatée chaudement **25.50**

Vêtement complet forme veston, en belle cheviotte anglaise, doublé satin de Chine, qualité supérieure . . . . **49.** »

COMPTOIR DE GANTERIE
Hall Palais-Royal

Gants de Toscane nuances foncées et demi teintes, 3 et 4 boutons pour Dames **1.95**

Gants mi-piqués nuances foncées, demi-teintes et noirs, 3 boutons pour Dames, 2 boutons et sans boutons pour Hommes **2.45**

Gants Derby avec grosse broderie soie, noir ou pareil, 2 boutons pour Hommes, 3 boutons pour Dames **2.90**

Les Mêmes, avec 6 boutons **3.90**

Gants Belges sans boutons, nuances foncées tan et noir, pr Dames, haut. 6 boutons **2.45**

Les Mêmes, hauteur 8 boutons **2.90**

Gants de castor double piqûre, brodés soie, 3 boutons pour Dames, 2 boutons pour Hommes **3.50**

Gants de peau fourrés peluche, très bonne qualité, 2 boutons pour Dames, 1 bouton pour Hommes **2.90**

PARAPLUIES
Rez-de-Chaussée. — Galerie Saint-Honoré

Parapluies Zanella, marron et noir, monture acier, manches bois naturel, taille 0m64 . . . . **1.95**

serge cuit, nuances fines, monture

Bottes en drap noir pattes droites, chaque genre homme, en chèvre grain de Lyon, doublées de flanelle rouge, doubles semelles, talons de cuir **9.75**

Bottes en drap noir fantaisie, empeignes brodées, talonnettes unies en chèvre mate, doubles semelles, talons de cuir **10.75**

COMPTOIR DES FOURRURES
Rez-de-Chaussée. — Galerie Rivoli

Manchons pour Dames, en Renard noir **2.90**

Manchons pour Dames, en Castor des Indes **6.90**

Manchons pr Dames, en Skunk naturel **9.75**

Manchons en Castor naturel **18.75**

Manchons en Loutre du Canada **19.75**

Tapis Chèvre de Chine, grisé et blanche, long. 1m,70, larg. 0m,80, doublés toile verte, bordés drap rouge ou bleu **19.75**

Tapis fantaisie en fourrure, pour foyers, salons, descentes de lit, Depuis **12.75**

Couvertures pour voitures, en mouton noir (grande taille) . . . . **39** fr.

Chancelières pour appartements, Depuis **4.75**

Grand choix de Pelisses fourrées pour Hommes et de PALETOTS peau de bique pour la chasse.

RIDEAUX BLANCS
1er Étage. — Galerie Marengo

Vitrages Guipure blanc ou crème, dessin nouveau, qualité très belle, larg. 70/75, hauteur 2m, » La paire **5.25**

Hauteur 2m50 . . . . 6.50

COLLECTION MICHEL LÉVY — Gr. in-16, 1 fr. le volume.

www.ingramcontent.com/pod-product-compliance
Lightning Source LLC
LaVergne TN
LVHW010407060726
842526LV00005B/1560